KB207674

오솔향의 산책 일기

봄을 걷다 여름까지

살랑! 봄바람이 분다
길섶을 헤집을까 도랑가를 헤집을까
마냥 걸어보자! 봄바람이 부는 대로

들로, 숲으로, 산으로, 개울가로
봄, 그리고 여름까지 마냥 걸어보련다

글 _오솔향

향기의 글을 짓다
오솔길문향

오솔향의 산책 일기
봄을 걷다 여름까지

2025년 3월 25일 초판 인쇄

지은이   오솔향
디자인   박상범
펴낸이   김진만
인쇄판   화이트
인 쇄   삼우인쇄
제 본   프로이즈
종 이   표지 200g 매직터치
         내지 100g 미색모조
서 체   경기천년바탕
펴낸곳   오솔길문향
등 록   제2004-000050호
주 소   서울특별시 중구 퇴계로 197. 506호
전 화   02_2265_4738, 02_2273_4738
팩 스   02_2265_3519
이메일   osolhyang@daum.net

이 책의 내용을 복제 사용하려면 지은이와 출판사의
동의를 얻어야만 합니다.
Copyright ⓒ 2025, 오솔향. Printed in Korea
ISBN 978-89-94935-42-3 94810

오솔향의 산책[1]일기
봄을 걷다 여름까지

---

1) 산책(散策): 느긋한 기분으로 한가로이 거닒음.

"봄 길 걸으며"

살랑!
봄바람이 분다.
마음으로 스며든다.

스민 바람!
마음, 부풀린다.
둥실 떠나고파진다.

길섶을 헤집을까?
도랑가를 헤집을까?

초록 풀밭을 헤집으며
봄볕을 쏘여볼까?

걷자!
마냥 걸어보자!
봄바람이 부는 대로…

봄은
우리의 생명!

주님의 숨결을
호흡으로 마시며

입을 열어
흥얼거리며

들로 숲으로
산으로 개울가로

봄,
그리고 여름으로
마냥 걸어보련다.

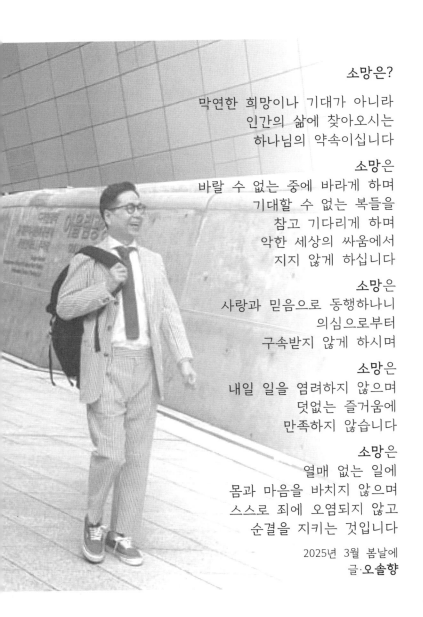

소망은?

막연한 희망이나 기대가 아니라
인간의 삶에 찾아오시는
하나님의 약속이십니다

소망은
바랄 수 없는 중에 바라게 하며
기대할 수 없는 복들을
참고 기다리게 하며
악한 세상의 싸움에서
지지 않게 하십니다

소망은
사랑과 믿음으로 동행하나니
의심으로부터
구속받지 않게 하시며

소망은
내일 일을 염려하지 않으며
덧없는 즐거움에
만족하지 않습니다

소망은
열매 없는 일에
몸과 마음을 바치지 않으며
스스로 죄에 오염되지 않고
순결을 지키는 것입니다

2025년 3월 봄날에
글·**오솔향**

차례

봄을 걷다 삼월에

차례

봄을 걷다 사월에

차례

봄을 걷다 오월에

차례

여름을 걷다 유월에

차례

여름을 걷다 칠월에

차례

여름을 걷다 팔월에

봄을 걷다
삼월에

〈청계천의 수양버들〉

"사랑의 숨결"

살랑!
머릿결 스치는
바람결에서

톡톡!
눈 녹아 흐르는
물방울에서

나풀!
잠에서 깨어나는
꽃잎에서

포근히
감싸시는 주님의 손길을

따뜻한
사랑의 숨소리를 느껴요.

삼월_초엿새

"우주의 소용돌이"

뾰족이
솟아 나는
새싹들에서…

쪼르르!
노니는 새들의
노랫소리에서…

후두둑!
화분으로 뜯는
빗방울에서…

살며시
봄을 주시는
주님의 품속으로…

조용히
우주의 소용돌이로
이끌리어간다.

"어설픈 둥지"

실개천 옹벽 아래
앙상한 줄기가지

노란 꽃나무
산수유인가 봐요

세 가지 줄기 가운데
어설픈2) 둥지3)를 틀었네요

멀잖아 짹~ 짹~
먹이 달라고 짹~ 짹~

그날에는,
봄이라고 부를 거예요.

---

2) 어설픈: 형용사 '어설프다'의 활용형. 누구에게 교육도
   받지 않은 초보 아빠, 초보 어미의 첫 둥지를 트는 것이
   서툴게만 느껴진다.
3) 둥지: '둥우리'의 비표준어. 둥우리(새 따위가 알을 낳거나
   깃들이기 위하여 둥글게 만든 집)

삼월_초열흘

"봄비 톡톡"

산책길 나서며
대화창4)을 열었더니
화면에 톡! 톡!
물방울이 뜯는다

고개를 젖히니
회색 빌라 난간에
골5) 난 먹구름이
빗방울을 흩뿌린다.

문이교6) 아래로
후다닥 숨어들어
찬 손 호호
호주머니에 찌른다.

---

4) 대화창: 라디오방송의 진행자와 청취자가 함께 문자로
   대화를 나눌 수 있는 문자 댓글 게시창
5) 골: 심통. 화가 나다
6) 문이교: 도봉구의 우이천 상류 백운시장 근처의 쌍문동과
   우이동을 잇는 짧은 다리

"봄 햇살의 속삭임7)"

그제 오후
따뜻한 봄 햇살이

살그머니
잔디밭에 앉았다 가더니

글쎄~
뭐라고 속삭였길래

어제는
촉촉한 봄비를 내리더구나!

아마도 오늘은
아지랑이 모락모락
할미꽃을 피울는지도 몰라!

---

7) 월간 『문학세계』(2020년 5월호 202쪽) 신인문학상 당선
   작품 '봄비'를 '봄 햇살의 속삭임'과 '봄바람의 속삭임'
   두 편으로 나누어 싣는다.

삼월 _ 열나흘

"봄바람의 속삭임[8)]"

어제 오후
훈훈한 봄바람이

살랑살랑
버들가지를 쓰다듬더니

글쎄
뭐라고 눈웃음쳤길래

오늘은
차분한 봄비를 내리는구나!

아마도 내일은
이슬방울 대롱대롱
개나리꽃을 피울는지도 몰라!

---

8) 월간 『문학세계』(2020년 5월호 202쪽) 신인문학상 당선
   작품 '봄비'를 '봄 햇살의 속삭임'과 '봄바람의 속삭임'
   두 편으로 나누어 싣는다.

삼월 _ 열엿새

"봄은 성큼"

봄은 성큼!
겨울은 화들짝!

눈 녹여 물 흐르며
봄꽃, 피어나리!

목련 꽃망울
톡! 터칠 때

산수유
이미 노랗구나!

오, 봄이어라!
진달래 꽃잎 입에 물던

추억,
더욱 그리워라!

"꽃샘바람"

에궁~
공원 꽃길에
꽃샘바람이 왔어요

나풀나풀 꽃잎들
오들오들 떨어요

꽃샘바람~
미워요!

햇살!
짱!
꽂아 주세요

삼월_스무날

"영춘화(迎春花)"

두 개의 수술에
여섯 궁녀를 거느리고
노란 어사화 머리에 꽂고
봄맞이를 나왔어요.

햇살 꽂히는 돌담에
물소리 들리는 개울가에
개나리 진달래 손잡고
산수유랑 목련이 함께 왔어요.

아네모네, 팬지랑
데이지, 무스카리도
소곳이 공원길에
나란히 기다리고 있어요.

봄! 그댈
맞으려고요.

"봄꽃 레이서"

발갛게 볼 언 동백화!
눈 녹기 전에 움찔하다가
부정 출발로 실격이고요.

홍가네 장녀 매화양[9]!
도화 행여 잠 깨칠까
오슬오슬 눈발 맞으며 떨고 있어요.

뒤를 이어 산수유!
바위틈에 보일 듯 말듯
노란 머리핀에
나풀나풀 출발하고요.

진등의 달래양[10]!
연분홍 머플러 두르고
수줍은 듯 살금살금
벼랑의 바위틈을 타네요.

---

9) 홍가네: 홍매화의 의인화.
10) 진등: 길게 쭉 뻗어내린 산줄기의 등마루.

백수네[11] 목련화
봄볕 따스한 창가에서
하품하며 졸다가
화들짝 분단장하고요.

견공네[12] 나리님
나풀나풀 노랑 댕기 늘이고
쪼르르 삐약이랑
그네타기 한창이네요.

봄날 동산의
줄 잇는 봄꽃 레이서
황홀한 호흡은 멎을 듯한데
발길은 마냥 분주키만 하네요.

---

11) 백목련의 의인화
12) 개(犬)나리의 의인화

삼월_스무나흘

"목마 타는 봄 햇살"

꽃샘바람
물러 나간
저만큼의 양지쪽에

진달래도
실눈 뜨는
노란 잔디 저 언덕에

영춘화도
고개 떨군
물소리 졸졸 개울가에

어느결에
햇살 다가와

따끈하게
어깨 위로 목마를 탄다.

삼월-스무엿새

"봄꽃 이야기"

봄꽃,
너 피우기 위해

긴 겨울
기다려 온 추위

그 사연 차마
물어볼 수가 없어서

코끝으로
찡긋!

향기로만 살짝!
짐작할래요.

삼월_스무여드레

"봄바람 이야기"

머나먼
남녘 마을 불어오면서
여정의 긴 이야기

그 사연 차마
물어볼 수가 없어서

귓불에
손 모으고

호흡으로만 살짝!
짐작할래요.

"까투리의 고함"

남산 성곽 돌계단을
겅충겅충 내려가요.

숲속으로 바스락
까투리[13]는 숨어들고

장끼[14]는 꿩~ 꿩~
덤불에 숨어서 외쳐요.

노릇한
깨금[15] 꽃술이
졸랑졸랑 흔들어요.

---

13) 까투리: 암컷 꿩. 텃새로서 닭과 비슷하다. 5~6월에 6~10
개의 알을 낳으며, 풀씨나 메뚜기 등을 먹는다. 우리나
라 특산종이며 일본, 중국 동북부 등지에 분포한다.
14) 장끼: 수컷 꿩.
15) 깨금: 개암나무의 열매. 도토리와 비슷하게 생겼으며,
껍데기는 단단하고 노르스름하다. 맛은 밤과 비슷하나
더 고소하다. (개암, 깨금, 해이즐넛[hazelnut])

봄을 걷다
사월에

〈청계천의 징검다리〉

사월_초사흘

"봄의 연가"

봄 날
봄 향기 맡으며
봄 노래를 부르며
봄 길로 나왔어요.

봄 동산에 올라
봄 바람을 맞으며
봄 꽃을 기다려요
봄, 너를 맞이하려고…

"냉이의 속삭임"

눈 녹은 오랍뜰16)에
샤르르~ 샤르르~

거~ 누구더래요?

저 냉이랑 달랜데요
콩깍지 좀 치워 줄래요?

단발 소녀 호미 끝에
뚝배기 된장이 그리워요

종다리가 하 속살대니
날 빛 쬐러 나갈려구요.

---

16) 오랍뜰: 오래뜰의 방언(대문이나 중문 안에 있는 뜰,
   또는 텃밭)

"고사리의 속삭임"

눈 녹은 산삐알[17]에
바스락~ 바스락~

거~ 누구더래요?

저 고사린데요
가랑잎 좀 치워 줄래요?

겨우내 옴켜쥔 손이
쥐가 나서 못 견디겠어요

쪼막손[18] 양팔 쭉 펴고
기지개 좀 활짝 펴 볼려구요.

---

17) 산-삐알: '산비탈'의 방언
18) 쪼막-손: '조막손'의 방언

"가재의 속삭임"

얼음장 녹은 개울에서
뽀르륵~ 뽀르륵~

거~ 누구더래요?

저 가재랑 버들친 19)데요
돌방우 20) 좀 치워 줄래요.

따사한 뙤약볕이
남세스레 벌거숭이를 쪼우네요

버들개지 그늘숲에서
알콩한 신방 21) 좀 꾸릴려구요.

---

19) 버들치: 잉엇과에 속한 민물고기
20) 돌방우: 바윗돌의 방언
21) 신방(新房): 신랑과 신부가 첫날밤을 치르도록, 또는
　　신혼부부가 거처하도록 새로 꾸민 방

사월_열하루

"봄바람 향기"

동트는
이른 아침!

스르륵!
창문을 밀치니

훅!
상큼한 이 바람은?

꽃내음 품어 오는
봄바람의 향길 테지요.

<u>쪼르르!</u>
물소리에 실개천을 걷는다.

"봄꽃 향기"

햇살 퍼지는 뒷동산
낭구[22] 언덕을 오른다.

헉!
노오란 개나리가?

시샘하던 삼월이
훌쩍 떠나버린 게지요

옴마!
연분홍 진달래가?

화사한 사월로

퐁당!
빠져드는 게지요.

---

22) 낭구: 나무의 방언(강원, 경기, 전라, 충청, 평안, 황해).

"라떼 구름"

해거름
산책길을 나섭니다.

파란 하늘에 실구름은
뽀얀 우유를 휘~휘~
한 잔의 라떼23)를 따르고

가로등은 반짝
저물어 가는 서녘
휘젓는 보폭은 길어지네요.

자전거를 움켜 들고
징검다리를 뛰어넘는 저 소년

어쩌면
엄마와의 맛난
저녁 약속이 있을지도 몰라요.

---

23) 라떼: 에스프레소에 따뜻한 우유를 1:2 또는 1:3 정도
   의 비율로 섞은 커피

사월_열이레

"봄날의 조바심"

나른한 오후
두 팔 뻗은 가로수
파-란 하늘 밀어 올리고

목멱산 필동 계곡엔
조르르 물소리 들릴 듯 말 듯
철쭉의 속삭임이런가?

구름 걷힌 쪽빛 하늘
말끔히 씻기우고
하늘을 찌를 듯 서울타워 솟았구나!

봄이 오는 조바심에
발걸음은 종종

미풍으로 담을 넘는
라일락 짙은 향기에
가슴은 콩닥콩 내달리고 싶어라.

"재두루미의 날개짓"

사월의
세 번째 주말
살짝 가린 구름 사이로
햇살 뜨겁잖아서 좋구요.

개울,
얕은 물에
외발 종아리 담근
재두루미

날개 큰 짓에
카메라 셧[24]꾼은 모여들어요.

---

24) 셧꾼: 카메라 셔트를 누르는 무리.

"철쭉의 미소"

연분홍 진달래
멍들어 숙인 꽃잎
흐느낌의 눈물 꽃잎25)
떨구지도 못했는데

개천 양지에는
눈치 없는 철쭉이
끈적한 입술을 열어
배시시 미소하네요.

따스한 봄볕은
목마를 기어오르고
연두색 담쟁이는
벼랑의 공간을 기어올라요.

---

25) 눈물 꽃잎: 시들어 가는 진달래 꽃잎의 안타까운 모습을
표현. 연달아 피어나는 꽃들의 질서는 얄미울 정도로
정확하네요. 누구라서 이토록 시간 맞춰 피워 주고, 시
들게 하시는지요?

사월_스무사흘

"구름 한 조각"

파란 하늘에
어디서 만들었을까?

구름 한 조각
동동 띄우셨네요.

아니
한 조각의 구름을

살짝
흘려 두고 가셨나 봐요?

사월_스무닷새

"꽃길 걸으며"

나풀나풀
꽃잎 지는 숲길에서

사뿐사뿐
산책하는 둘레길에서

행여 꽃잎[26] 밟힐라
깨금발 치면서 걸어요.

지난밤 선 듯
시샘 바람 투정질에

꽃잎은 한 잎, 두 잎
속절없이 휘날리고 있어요.

---

26) 벚꽃 휘날리는 남산 둘레길에 눈처럼 깔린 벚꽃잎을 차
　　마 밟고 지나기를 아쉬워하며…

사월_스무여드레

"밀밭으로"

하얀
사월 바람이
미끄럼을 탄다.
은물결 출렁인다.

종다리
조잘조잘
술래놀이 바쁘다.

뭉게구름
스르르~
그림자 끌어 지나간다.

내 마음
그림자 따라
산등성이 넘는다.

봄을 걷다
오월에

〈한옥마을의 해당화〉

오월_초하루

"목단화"

한옥마을 뒤뜰에
옹기종기 항아리 모여

따뜻한
봄 내음을 맡는다.

봄 햇살
기와 사이로
반짝!
항아릴 더듬을 제

뽀얀 목단화
눈이 부시다.

오월_초사흘

"꽃이 아름다움 건"

꽃이
저토록 아름다운 건
홀로 그저 아름다웠을까요?

천만에요, 만만에요.

그 추운 한겨울을
얇은 피막
외겹으로 견디어 왔구요.

행여
풀잎에라도 가려질까
가장 먼저 가지 끝도 뚫었답니다.

다른 꽃과
비교 아니 되려고
화려한 색깔로
화장도 곱게 했었구요

벌 나비 사랑도
아차 하고 놓칠세라

몸짓으로 눈짓으로
유혹도 해보구요

그래도 뒤질세라
향기 또한
찐향으로 뿜었더랍니다.

우리도 꽃처럼
향기 풍기는 고운 말로

삶의 품격을
찐하게 품어 보시자구요.

"제비꽃"

조그마한 그 얼굴에
수줍음 많은 제비꽃

보일 듯 말 듯
가랑잎 하나로 숨었구나

진보라로 화장하고
고개만 빼꼼히 내밀고선…

날쌘 제비의
그 어디를 닮았기에
제비꽃이라 부르며

포악한 오랑캐는
또 어디를 닮았기에
부르기도 미안해라
오랑캐의 꽃이라니?

내 구푸리지 않았던들
너 어찌 만났을까?

서럽지도 않았더냐
앙증맞은 제비꽃

오백여 종의 제비꽃
봄을 알리는 제비꽃

종지나물로 뜯기던 너
고깔제비꽃27)이여!

---

27) 고깔제비꽃: 풀숲에 또는 바위틈에 가랑잎 뒤집어쓰고
　　 올라오는 제비꽃, 일명 오랑캐꽃이라고도 하는데, 잎사
　　 귀는 종지나물로 먹기도 하며 전 세계적으로 500여 종
　　 이나 되며 우리나라에서도 50여 종이 분포하고 있다.

"산나물 잔치"

"지금 퇴근!"

아내에게 톡 날렸더니

"나물 잔치!"

하고 답이 왔네요. 그래서

"지하철도 콩나물?"

라고 답했지요.

아침에 강원도 인제에서
지인이 보내온 산나물 상자 풀어 헤쳐서
삶고, 데치고…
절이고, 버무리고…

옥상 화분에
상추마저 흐드러지게 자랐던데
이참에 그마저 뜯어 보탤까 보다? ㅎㅎ

오월_초아흐레

"구름 한 조각"

파랑고
파란 하늘에
누구가 만들었을까?

구름 한 조각
동동 띄웠네요?

새큼한 동치미 국물에
잣 알 한 낱

톡!
떨구어 마실까 보다.

"솔 향기에"

솔랑솔랑 솔바람에
<u>소르르</u>
솔방울 굴러간다.

동글동글 그루터기에
동그란
엉덩이 내려놓는다.

살랑살랑 솔 향기에
사르르
눈꺼풀 내려온다.

오월_열사흘

"소나무 숲길에서"

솔바람은
건 듯 건 듯
시원하게도 불지요

맨발로는
짜릿~ 짜릿~
흙길을 밟으며 걷지요

경쾌한 음악은
이어폰을
가득히 채우지요

천사들의
발걸음 소리가
자박자박 다가오네요.

"앵두 알"

남산길 둔덕 위에
볼그레 붉던 앵두화야
너 어느새 알 굵어
팥낱[28]을 견주느냐?

봄 햇살에 수줍었나?
길손 눈길에 수줍었나?
칠하다 만 듯 붉은 입술
앵두 행세를 하려네

따사로운 봄볕에
살랑살랑 봄 향기 주심은
우물가의 앵두 처녀
물동이 떨구려 함일런지요?

---

28) 팥낱: 곡식 팥의 한 알 한 알의 낱개. 볼그레 익어
　　가는 앵두 열매가 팥알에 견줄 만큼 굵어 가고 있다.

"솜구름"

해 질 녘
동녘 하늘[29]이 열렸어요

몽실몽실
목화를 풀었어요

사랑이라고
두 글자를 적어볼까요

은혜라고
두 글자를 적어볼까요

아니 아니야!
저 구름,
그냥 저대로 두고
행복이라고 읽어볼래요.

---

29) 우이천 변을 산책하면서 바라본 저녁 하늘

오월_열아흐레

"청혼의 벽"

젊음이 사랑으로
모닥불 지피던 청혼의 벽

쌍쌍이 짝 이루어
장작불 지피던 데이트길

두 마음 하나 되자
셀카 찍던 하트의 벽

그 꿈
그 사랑
미지근 잿불만30) 남긴 채
여울만 여상히 흘러가네요.

---

30) 잿불만: 흔적만 남은 청계천 청혼의 벽을 지나며

오월_스무하루

"원추리의 조바심"

바위틈엔 애기똥풀
수줍은 듯 애랑하고

연초록 담쟁이는
가파른 석벽(石壁)³¹⁾을 오른다.

기름진 뽕잎 사이로
볼그레 오디는 익어 가는데

원추리는
피곤한 긴 목을 뽑고
떠나가는 봄날에 조바심을 부른다.

---

31) 석벽(石壁): 돌로 쌓거나 만든 담이나 벽 또는 언덕의
   바위가 자연적으로 마치 바람벽처럼 내리질린 곳.

"정담의 봄 길"

담쟁이
손 뻗어 기어오르는
옹벽 난간으로
연노랑 꽃피운 넝쿨 인동초

이팝나무 사이로
앙증맞게 꽃 피운
키 작은 장미 붉은 한 송이

귀에 꽂힌 이어폰으로
음악은 넘치고
붙잡을 수 없이 사라지는
사랑의 댓글 인사들…

손 잡힌 쌍쌍들
하늘하늘 옷차림에
졸랑대는 저 발걸음…

알아듣진 못해도
나누는 정담들

얼굴 가득히 미소는
행복도 하네요

오늘도
은혜와 사랑은
봄 길을 따라서
살랑살랑 나풀거려요

오월_스무닷새

"오월의 하늘"

우유 한 잔!
쪼로록~ 부어서

호로록~
마시고 싶다

파란
오월의 하늘!

날아가는
새 한 마리
부리로 콕 쪼으면

쨍~
깨어질 것만 같은

오!
오월의 하늘!

"멍~ 때리는 독서광장"

어제의
짓궂던 하늘

오늘의
쾌청한 하늘

맑은 물
청계천에서

멍~ 때리는
독서광장32)에서

따끈한
봄 햇살을
폭포수처럼 맞는다.

---

32) 독서광장: 청계광장 하천변의 '독서캠페인' 행사장

여름을 걷다
유월에

〈남산공원 숲길에서〉

"선을 넘은 유월"

꽉 채운 오월이
유월의 선을 넘었어요

유월의 하늘이
저리도 푸르름은
희미해진 회색 꿈
못다 그린 파란 꿈

애틋한 맘으로
다시 한번 그려보라고
선을 넘은 유월에도

여전히,
펼쳐 주시려나 봐요[33]

---

33) 변함없이 우리를 사랑하시는 하나님의 마음

유월_초나흘

"산초 향기"

선들 숲 바람에
졸음 깨우러 나왔다가
조롱조롱 솔방울 맺힌
솔밭길을 거닐어요.

길섶에 산초[34]잎 하나 톡 뜯어서
코끝으로 흠~ 향기 맡으며
휴대전화 갈피에 포개었어요

비비어서 향기 맡고
흔들어서 향기 맡아요

바삭하게 마르면
사랑의 향기 흠뻑 적셔서
님의 마음 갈피에도 포갤 거에요

---

34) 산초: 한방에서 초피나무, 산초나무 또는 화초의 익은
열매껍질을 모두 한약명으로 산초(山椒)라고 이른다.
잘 익은 열매껍질을 가루로 하여 추어탕, 김치 등에 첨
가하면 매운맛을 더해준다. 산초나무는 가시가 어긋나
기를 하고, 초피나무는 가시가 마주나기를 한다.

유월_초엿새

"백두루미"

현충일을 기하여
개천으로 나섭니다.

목이 긴 백두루미
머리 뻗어 응시하고 있음은
조국에 몸 바친 이에게
우러러 참배하고 있음인지요?

바람은 선들선들
햇빛 가린 검은 구름을
동으로 몰아가는데…

에이그!
드디어 빗방울이?
잠시 근화교35) 교각 밑으로
소나기를 피해 섭니다

---

35) 근화교: 도봉구 우이천 상류 덕성여대 앞의 작은 다리

유월_초여드레

"유월의 꿈"

파란 하늘에
그리움이 떠올라요.
마음을 담아
안부의 문자를 띄울래요.

무언가를 꼭
해주지는 못해도
지금에 있는
그대로가 좋아요.

슬픔이 있나요?
평안을 나눌게요.
호흡이 있음에
행복도 함께 나눌래요.

파란 하늘에
파란 기도를 띄워 볼래요.

유월_초열흘

"백운대 석양"

쫓기던 석양은
백운대에 걸리고

쫓아가던 구름은
인수봉에 걸렸어요.

우이천의 오리 부부
갈대숲에 둥지를 틀고

끼니 굶은 비둘기[36]는
갸웃갸웃 조아리며
뒤꿈치를 따르네요.

---

36) 비둘기: 북한산 백운대 봉우리로 저녁해는 기울어 가는
데 심술궂은 검은 구름 한 조각은 짧은 햇빛마저도 가
리고. 종일 먹이만 찾아 헤매던 비둘기는 아직도 먹성
이 안 차는지 나들이객의 발치를 따르며 고개를 갸웃거
리고 있네요.

유월–열이틀

"장끼의 외침"

뻐꾸기는 뻐꾹! 뻐꾹!
높은 산 위에서
뻐꾹을 외치는데

장끼37)는 꿩! 꿩!
덤불 밑으로 머리만 숨기고

나 찾아봐라!
고함만 냅다 질러요.

---

37) 장끼: 수컷의 꿩. [유의어] 수꿩, 웅치(雄雉)

유월_열나흘

"천변의 저녁 풍경"

우수수 천변의 키를 넘은 갈대들
모풍38)에 종대39)로 허릴 굽히고

쪼르르 어미 쫓는 갓 깐 오리들
무리 지은 나들이에 오금40) 저린다.

잘랑잘랑 수면 위로 점프하는 버들치
깔따구41) 사냥으로 파문을 그리고

어둑한 동녘 하늘엔
해쓱한 半月이 中天에 외롭다.

---

38) 모풍(暮風): 해거름의 저녁 바람
39) 종대(縱隊): 세로로 줄지어 늘어선 대오
40) 오금: 무릎 관절 안쪽의 오목한 부분
41) 깔따구: 국어사전에서는 '하루살이'의 방언이라고 표기
   하고 있지만, 실제의 깔따구는 해 뜨기 전이나, 해 저
   물 무렵이면 사람이나 동물에게 달려들어 따끔거리게
   물어뜯으며 매우 귀찮게 하는 아주 작은 날벌레이다.

유월_열엿새

"파란 마음"

하늘!
참 맑다.
참 푸르다.

오늘은,
아니 요즘은
울 하나님의 기분이
너무 좋으신가 보다.

우리
다투지 말고
세상 걱정하지 말고
하늘처럼 파란 마음으로
푸르게 맑게 살라시나 보다.

오늘도…

유월_열여드레

"오디의 추억"

청계천 산책길에
오디가 익어 가네요
가뭇하게 익어 가네요

지나가는 올백42) 할머니
바위 끝 가질 잡고
위태로이 한 알 두 알
추억을 따고 있네요.

아련한 꿈
소녀의 꿈을
오물오물 입맛으로
회상하려나 봐요?

---

42) 올백(all_白): 머리 전체가 하얗게 센 머리를 영어와
    한자로 조합하여 부르는 단어.

"님의 약속"

숲길을 걷다가
문득,
생각이 나서 멈추었다.

그때,
그 바위에 낙서처럼 적었던

님의 약속이
생각나지 않았다. 나는…

썩은 나뭇등걸에
힘겹게 피어나는

저 노란
고들빼기 한 송이를 발견하고

그 약속을 찾느라
한참을 머뭇거리고 있었다. 나는…

유월_스무이틀

"님의 미소"

인적없는 오솔길
뻐꾸기 소린 여전한데

희미한
님의 그 미소를 찾느라

개울물의 졸졸거림을
바라만 보고 있었다. 오늘도…

생각의 끈이
아물거리는 지금,

꽁꽁 박제된
추억의 언덕에서

나리꽃처럼 활짝 웃어줄
님의 미소를 찾는다. 오늘도…

"콩 밭"

참, 고와라!
콩새[43] 콩콩 뛰논다.

콩잎 물결 일렁이는
콩밭이랑 사이로

까투리 한 가족
콩고랑 실습을 나간다.

소년의 꼴지게에
나리꽃이 한들~ 한들~

해 저무는 콩밭 둑길에
여름을 지고 오누나!

---

43) 콩새: 되샛과에 속한 새 (되샛-과: 조강 참새목의 한 과.
    식물의 씨를 먹는 전형적인 새로 부리가 두껍고 짧다.
    대부분이 숲에 살며 둥근 둥지를 나뭇가지에 짓는다.
    전 세계에 되새, 방울새, 검은머리방울새, 양지니, 멋쟁
    이, 콩새, 밀화부리 따위의 약 125종이 있다.)

"초여름 비 내리거들랑"

친구여!
초여름 비가 내리는구려!

아마도 자네는,
양수리의 어느 멋진 카페에서
짝꿍의 半白을 흘깃거리며
쌉싸름한 아메리카노를 홀짝이고 있겠지?

낼랑은,
뒤뜰 툇마루에 앉아서
처마44) 밑으로 또닥거리는
낙숫물 바라보며
열 손가락으로 팅겨내는
가야금의 애잔한 사랑가를 들으려네.

---

44) 처마: 지붕이 도리 밖으로 내민 부분(도리: 건물의 가장
　　자리의 기둥이나 벽 위에, 서까래를 받치기 위해 건너
　　지르는 나무)

"초여름 비 걷히거들랑"

친구여!
초여름 비가 걷히는구려!

아마도 자네는,
파주의 어느 넓은 그린에서
둘쳐업고 달려간 골프채 휘둘리며
雲天45)의 抛物線46) 白球47)를 응시하겠지?

낼랑은,
철쭉 지는 물갈낭구48) 숲으로 가서
참나물 누리대 한 웅큼 뜯어다가
생으로 쌈도 우기고
고추장 벌겋게 버무려
비빔밥 한 사발을 죽여보려네.

---

45) 운천(雲天): 흰 구름 둥실 떠가는 하늘
46) 포물선(抛物線): 하늘을 날며 그리는 타원형의 골프공.
   물체가 날아가며 둥글게 곡선을 그리는 형태
47) 백구: 하얀 공
48) 물갈낭구: 물갈나무의 방언(깃참나무, 깃옷신갈나무, 떡갈
   나무, 돌참나무, 물가리나무, 물갈나무, 신갈나무, 재라리
   나무, 참갈나무, 털물나무 등)

유월_그믐

"유월은 간다"

둥실 유월의 보름달
휘영청 片雲에 걸렸구나!
아서라!
버틴다고 멈출 것 같더냐?

무심한 세월은 칠월로 간다.
아끼는 맘 비웃으며
둔한 숨일랑 거두어라.

때오면 돌아갈
이 몸! 그대 몸!

어차피 외로운 나그네
서러운 맘 보듬어다오
칠월을 품자!

여름을 걷다
칠월에

〈남산공원의 싸리꽃〉

"소나무 힐링 숲에서"

남산의 '소나무 힐링 숲'[49]에서
신선한 공기 흠뻑 마시며
통나무 그루터기에 앉았습니다.

구름 사이로 언 듯 언 듯
기우는 해를 바라보며
이어폰에 가득히 찬양으로 채웁니다.

방송에 띄운 댓글 소개[50]도 하시니
먼 시야의 뿌연 삼각산마저
마음에 다 품은 듯 행복하기만 하네요.

---

49) 서울의 남산공원에 조성된 작은 숲길(석호정 뒤편 소나
    무 숲의 언덕길. 월요일은 출입을 금지하고 있음.)
50) CBS 라디오방송 오후 네 시 '가스펠아워'에서

"소낙비"

개울길을 걷다가
소낙비를 만났어요.

누렇게 익어 가는
밀밭 둑에서 만났어요.

은행나무에 등 기대고
빗줄기를 피합니다.

아이들은 조잘조잘
장대비를 맞으며
무궁화꽃을 피우네요.

"한여름의 선들바람"

한여름의 선들바람이
찜통의 뜨거운 햇살을
헤집어 흩어놓고는

빌딩 사이를 돌아서
은행잎을 살랑 쓰다듬더니
가르마 머리를 훑고 가네요.

고요한 연못에
동그란 파문을 그릴 듯 말 듯
담벼락의 나팔꽃 다문 입술에
살그미 뽀뽀하고 달아나네요.

"버찌 길"

하늘을
덮었던 벚꽃길!
고개 쳐들고 걷던 길!

발아래
떨어진 버찌길![51]
톡톡 밟으며 걸어요.

총총대는 까치 부부
버찌 꼭지 입에 물고
공기를 놀아요.

---

51) 버찌길: 만발했던 남산의 벚꽃길이 어느새 꽃지고, 열
매 버찌마저도 까맣게 떨어져 깔린 순환로를 톡톡 버
찌 밟으며 걸어갑니다. 까치 한 쌍이 버찌를 물었다 놓
았다 하는 모습이 흡사 공기놀이를 즐기는 듯이 보이
네요

칠월_초아흐레

"수국화"

수국~ 수국~ 수국화
길섶에 피었어요

보라, 분홍, 자주색
뽀얀 수국까지도…

수국~ 수국~ 수국화
수변에도 피었어요

연분홍, 연보라, 연초록
연달아 달아 피었어요.

"숲속의 향기"

살~랑~
산바람은
싸리꽃 향기를 날리고

포로록~
곤줄박이[52]는
칡꽃 향기를 외치고

쪼르르~
다람쥐는
솔방울 향기를 굴려요.

---

[52] 곤줄박이: 참새목 박샛과에 속한 새. 머리 위쪽과 목은
검고 날개는 회청색, 등과 가슴, 배는 밤색이다. 주로
숲에 살며 4~6월에 나무 구멍 등에 4~8개의 알을 낳는
다. 우리나라, 일본, 사할린 등지에 분포한다.

칠월_열사흘

"그늘로 모여요"

까만 버찌 하나
톡~ 떨어져
벚나무 그늘
뽀얀 흙길로 굴러 모이고요

빨간 오디 하나
툭~ 떨어져
뽕나무 그늘
바위틈으로 굴러 모이고요

알콩한 산책객
돌다리 폴짝 건너
느티나무 그늘
동그란 바위로 두레 모여앉아요

"소나기 사형제"

우매한 것이
우의도 없이
우산도 안 들고
우이천을 나서다니
우왕! 어쩜 좋아요?

교각 아래서
벚나무 아래서
은행나무 아래서

이젠,
솔방울 조롱조롱
솔잎 무성한 소나무 아래서

사형제 막둥이[53]
앞서 나가길 기다려요.

---

53) 막둥이: 소나기 네 줄기의 마지막 빗줄기

칠월_열이레

"소금쟁이"

작은 연못에
구름 한 점
잠잠히 잠기며 흐른다.

내 마음엔
한 점 구름이
차분히 추억 그리며 잠긴다.

한 마리 소금쟁이
물 위로 팔딱!
그리움이 동그랗게 허물어져 간다.

"단비로 내리소서"

휘몰아치는 사나운 바람
살랑~ 살랑~
순한 바람이 되게 하시고

쏟아붓던 장대비
보슬~ 보슬~
보슬비가 되게 하소서!

오는 듯 가는 듯
단비로만 살짝⁵⁴⁾
뿌려 주고 가옵소서!

---

54) 거센 태풍이 잠잠해지기를 기도하며~

칠월_스무하루

"비 맞은 갯버들"

보슬보슬 보슬비 맞으며
개울길을 거닐어요.

빗방울은 퐁당퐁당
개울물에 떨어지고
물방울은 뽕글뽕글
치솟으며 맞이해요.

긴 목 뽑은 백두루미
산책객을 경계하고
노랑 조끼 안전요원은
물흐름을 관리해요.

비 맞은 갯버들은
멱감은 소녀 같고
입 오물인 나팔꽃은
틀니 흘린 할머니 같아요.

"고들빼기의 믿음"

그 작은 씨앗 하나
흙 한 줌을 못 찾아서

한옥 담장 돌 틈에
실뿌리를 내렸더냐?

그 용기 대단해라!
굳세기도 하여라!

얼마나 매달리어
용을 썼기에

얼굴은 샛노랗게
황달이 들고

잎사귀는 파랗게
멍이 들어 야윗구나!

그나마 올봄엔
비라도 내렸기에 망정이지

꼬박이 한 주간을
가물기라도 했더라면
한 송이 그 꽃인들
피우기나 했으랴?

애초에 너에겐
믿음이 있었으니

부디 씨앗 여물궈서
멀리멀리 아주 멀리

포근한 옥토 위로
날리어 보렴!

"백합 피던 날"

이른 봄
종로를 지나다가 구해 온
알뿌리 백합이 꽃을 피웠어요.

스티로폼 박스에 뿌릴 묻어서
옥상에 올려두고 정성을 쏟았더니
드디어 꽃망울이 눈을 떴어요.

어제도 한 송이!
오늘에도 한 송이!

나팔 같은 꽃 세 송이!
충실키도 하네요.

옥상에 봐주는 이 없기에
출입문 현관으로 옮겨 놓았더니
층마다 계단마다 향기로 가득하네요.

칠월_스무여드레

"칠월이 간다"

떠나가는
칠월이 아쉬워
꿈이라도 꾸렸더니

밤새우며
쏟아지는 장맛비에
또 잠을 설쳤구려!

에라!
갈 테면 가라지!
오는 팔월이나 반기련다.

여름을 걷다
팔월에

〈남산공원 수생식물원〉

팔월_초이틀

"백합화의 소명"

보는 이 없는 옥상에서
백일동안 물만 먹고 자라더니
드디어 뽀얀 순백으로 피웠네요.

주인 보라고도 아니고
누굴 위함은 더더욱 아니고요.
오직 꽃으로만
꽃 피웠을 뿐인데…

삼천 원이었을까?
아니 삼만 원?
그 이상 몫의 향기로
소명을 다하는 백합화!

나는 누굴 위하여
어떤 향기를 풍기고 있는지
백합을 대하기가 부끄럽네요.

"보랏빛 팔월"

흰색으로 피우고
보랏빛으로도 피우고
도라져서 피운 꽃
보랏빛 도라지꽃!

궁중에서 불었나?.
전장(戰場)에서 불었나?
나팔 불다 피운 꽃
보랏빛 나팔꽃!

보랏빛 꿈들을
공원에서 숲속에서
보란 듯이 피워보는
보라보라 보라꽃!

보랏빛 꿈들이
토실하게 여물어 가는
보랏빛 팔월이 왔어요.

"달개비의 소명"

한 잎
파란 달개비꽃
손짓은 비록 없어도
말소린 듣지 못해도

바위틈에서
작은 몸짓 하나로
누굴 위함인지요
힘겹게 기도하고 있어요.

파랗게 피멍이 들도록
간절한 중보의 기도를
꽃잎 시들어 다 질 때까지…

우리도,
함께 기도해요.
평화가 이 땅에 임하시기를…

"비비추 옥잠화"

간밤의 흘려놓은
편운(片雲)[55] 사이로
수줍은 햇빛은 쏟아 내리고

비비추 옥잠화[56]에
옥구슬 맺어놓고
대롱대롱 그네를 타네요.

오늘
우리에게도
사랑의 향기가 몰씬몰씬
풍겨 나길 바랄게요.

---

55) 편운(片雲): 조각조각 끊어진 듯이 떠 있는 구름
56) 옥잠화(玉簪花): 백합과에 속한 여러해살이풀. 심장 모
　　양의 잎이 굵은 뿌리줄기에서 모여 나며 가장자리는 물
　　결 모양이다. 8~9월에 자줏빛이나 흰빛의 꽃이 피며 종
　　자에는 날개가 있다. 중국이 원산지이다.

"목이버섯의 소명"

남산 중턱 비탈에
지친 듯 쓰러질 듯
여위어 가는 화목[57] 한 그루

봄날에는 꽃 피워
존재감도 화려터니
마르고 썩어가는 옆구리에
조박조박 검버섯이 피었어요.

목이버섯[58] 나란히
상처 위에 돋아나서
자연의 소릴 듣는데
그 소리 쫑긋이
귀 기울이여 들어 볼래요.

---

57) 樺木(화목): 장미과에 속한 가는잎벚나무, 개벚나무,
   잔털벚나무, 털벚나무 따위를 통틀어 이르는 말
58) 목이버섯(木耳): 주로 활엽수의 고목에서 발생하는데
   뽕나무, 물푸레나무, 닥나무, 느릅나무, 버드나무에서
   발생한 것을 5목이라고 한다. 표고와 같이 참나무류
   원목에 종균으로 재배하며, 중국요리에 널리 쓰인다.

"빨간 산딸기"

덤불 밑에 산딸기
빨간 산딸기

손 뻗으면 가시덤불
넘볼 수 없는 산딸기

가슴에 맺힌 빨간 추억
빨갛게 떠올라서

빨간 딸기 따려다가
빨간 피만 흘려요.

"백합 향기에"

거친 장맛비 잠시 꺾이고
후둑후둑 더운 비가 뜯어요.

촉촉이 젖은 순라길59)을
조선 사직의 宮史를 떠올리며
종묘의 담장 길을
둘러 돌아갑니다.

정도전 공원 숲에
뽀얀 백합 한 송이
개국의 찐한 향기를
가슴으로 가득히 호흡합니다.

---

59) 순라길: 종묘의 둘레길. 동편의 둘레길은 동순라길,
    서편의 둘레길은 서순라길로 나뉜다.

"매미의 합창"

간밤의 세찬 비바람에
갈60)잎 부서져 깔린 길

마르지 못한 이슬길에
파란 아기 도토리
엄마 품을 떠났다.

매미의 어긋진 합창 연습은
해지는 줄을 모르고

해거름을 따라 솔 향기는
짙게도 내리깔린다.61)

---

60) 갈참나무: 참나뭇과에 속한 낙엽목. 꽃은 5월에 피고,
   수꽃은 아래로 늘어져 달리며 10월에 열매가 익는다.
   목재는 가구재나 땔감으로 쓰이고 열매는 식용으로 쓰
   인다. 우리나라, 중국, 일본, 인도 등에 분포한다.
61) 간밤의 비바람에 채 굵기도 전에 파란 도토리가 나뭇잎
   을 달고 떨어져 누웠고, 곳곳에는 물줄기 흘러내리며
   작은 도랑으로 흔적을 남겼다. 잠깐 비치는 햇살 사이
   로 매미들의 볼멘소리도 시간의 촉박함을 아는지, 경쟁
   하듯 짝을 찾는다

팔월−열여드레

"안개구름"

높지도 아니한
서울의 저 남산에

안개구름 몽그라니
산머리를 덮는다.

누가 있어 저 안갤
쓸어 비질할거나!

아마도 이 장마
그치고 나면

불볕더위 쨍하니
쓸어 놓게야!

머루랑 다래도
동글동글 익어 가겠지?

"생채기만 남겨놓고"

칠월의 긴 장마는
생채기[62]만 남기고 떠나갔네요

이어지는 폭염(暴炎)은
남긴 상처 치료하러 오려나 봐요

폐허의 흔적들[63]
찢겨 진 아픔의 상처들
치료하여 주옵소서!
회복시켜 주옵소서!

칠월이 가기 전에
아니,
이 여름이 다 가기 전에.

---

62) 생채기: 손톱이나 날카로운 것 따위로 할퀴어지거나
    긁혀 생긴 작은 상처.
63) 긴 장마가 전국의 많은 농작물 피해와 가슴 아픈 이재
    민을 남기고 물러갔네요. 햇빛 쨍하는 날씨에 속히 복
    구작업을 해야 할까 봐요.

팔월 _ 스무이틀

"앵두나무"

순환로 둔덕에
앵두나무 나란히

이른 봄,
볼그레 꽃 피워서
조목조목 빨간 열매
길손의 사랑을 받더니

여름,
채 가기도 전에
그 소명, 다 한 듯이
잎사귀 훌훌 떨쳐버리고

어느결에
가을옷을 걸쳤네요.

"여름이 가려나 봐요"

한옥 담장의 배롱나무
아직도,
붉으락 피고 있는데

여름은 훌쩍
떠나려나 봐요.

숲속의 풀향기도
상큼하게
넘쳐나고 있는데…

꽃잎 하나 포르르
바람결에 살랑 떠나지네요.

여름은,
기어이 떠나려나 봐요.

"가을이 오려나 봐요"

개울가의 버들가지
아직도,
찰랑찰랑 늘어지고 있는데

가을은 성큼
다가오고 있나 봐요.

졸졸 실개천에는
송사리도
꼬릴 치고 있는데…

한 떨기 버들잎은
쪼르르 물 위를 떠나가네요.

가을은,
드디어 오려나 봐요.

"믿음의 그릇"

하나님께서는 태초에 우리 인간을 흙으로 빚었다지요? 조금은 크게도 또는 작게도, 아주 예쁘게도 쬐끔 못 생기게도, 조금씩은 다 다르게 참 개성스럽게도 빚어 놓으시고 미소 지으시며, 그 코에 입김을 불어 호흡하게 하셨답니다(창2:7).

저의 고향 강원도 두메에는 지금쯤이면 심산계곡 골짜기에 춘설이 녹아내리며 개울에는 졸졸 물소리 들리고, 양지바른 둔덕에는 빨간 달래가 빼족이 내미는 봄날이 오고 있겠지요.

싸리나무를 쪼개어 만든 종다래끼를 옆구리에 차고 누나를 따라 찔레를 꺾고 참꽃을 따며, 개울에서 가재를 잡던 반세기의 추억이 아련하네요.

그 당시 살림살이에 필요한 기명(器皿)들은 모두가 손으로 만들어 사용했는데 싸리나무나 산죽(山竹)으로는 바구니를 만들고, 곡물 그릇은 통나무를 깎거나 진흙으로 빚어서 사용했답니다. 만든 그릇들을 보면 용도나 모양에 따라서 종자기, 보시기, 주발이, 사발이, 자배기, 뚝배기, 양푼이, 양동이, 함지박, 항아리 등등…, 그런가 하면 나뭇가지나 짚으로 만든 다래끼, 바구니, 봉생이, 소쿠리, 광주리, 망태기 등 참 종류가 많기도 하였지요.

우리의 선조들은 사람의 마음 씀씀이나 행태를 표현할 때도 그릇들로 비유를 하셨는데, 속 좁은 사람을 일러 '소가지가 종재기 만하다.'라고 하거나, 퉁퉁 부어오른 눈두덩을 보면 '눈탱이가 방탱이가 되었다.' 하고, 낭패스런 일을 당하면 '속곳 벗고 함지박에 들었다.'라고도 하였답니다.

그런가 하면 씨앗으로 비유하기도 하였지요. 아주 작은 것을 '담배씨(성경에는 겨자씨)만 하다'에서부터 좁쌀이니 기장쌀이니 팥알이니 콩알이니 밤톨이니… '호박덩이'까지 허다한 비유들이 있었지요. 어릴 적에 잘 울고 잘 삐치는 아이, 즉 별것 아님에도 시험 들어 삐죽대는 사람을 일러 '속이라곤 간장 종자기 만한 놈'이라느니 '소가지가 콩알만 하다'는 둥 놀림을 받기도 하였답니다.

오늘날 우리의 모습들을 보면, 하나님이 지으심대로의 다양성은 사라져가고, '좁쌀'만 한 소가지에 '종자기' 같은 소양으로 뻔뻔하기는 '양푼이 밑구멍' 같으니 '나무뚝배기 쇠양푼이 될 리는 만무'하겠지요. 움켜 담기만 하고 쏟을 줄을 모르는 '장붕이'나 '호리병' 같은 속을 가진 건 아닌지 모를 일입니다. 옛 어르신들이 지금의 우리를 보신다면 어떤 그릇, 어느 씨앗으로 비유를 하실는지, 생각할수록 궁금도 하고 부끄럽기도 하네요.

하나님의 자녀로서 뚝배기나 양푼의 분량을 넘어 광주리나 함지박만큼의 넉넉한 그릇들이 다 되었으면 하는 바람입니다. <장충단교회 소식지/2204>

추억을 걷다_여름(장시)

"여름날의 목동"

학교에서 돌아온 형아가
어깨에 두른 책보를 풀어
처마 밑 댓돌 위로 휙 던진다.
누나가 건낸 강냉이 한 자루를
한입에 우걱우걱 훔쳐 돌린다.

누런 어미소의 고삐를 잡아당긴다.
뚜걱뚜걱 큰 몸집의 발길이 끌린다.
후다닥 송아지가 어미를 따른다.

코뚜레64)도 없는 싸둥이65)가
콩밭 고랑을 치닫고 내리뛰다가
도랑물에 철퍼덕 코를 박는다.
멍멍이 도꾸(dog)도 덩달아 내달린다.

풀 뜯기러 올라가는 마늠에66) 고갯길에는
파랗게 굵어 가는 대추 열매가
주렁주렁 이파리 뒤에 숨었다.

---

64) 코뚜레: 소의 코청을 꿰뚫어 끼는 나무 고리. 좀 자란
　　송아지 때부터 고삐를 매는 데 쓴다.
65) 싸둥이: 아무것도 걸치지 않은 맨몸
66) 마늠에: 마름밭이 있는 고개 넘어(소천면 임기 고통골)

한 바가지께나 고여 있을 맑은 샘물에
늘어뜨린 복상67) 잎이 물속에 잠긴다.

우무할미가 지천에 깔렸다.
돌돌 말린 꽃대롱 꽁지 짜르고
쪽 소리가 나도록 꿀을 빤다.
진종일 빨아도 못 다 빨 꽃을…

싸리꽃에서 꿀벌이 인절미를 달고 간다.
개암이 노랗게 익어 간다.
억새가 쓰거걱 손을 베어 먹는다.
하늘하늘 안들매 보드기68)는
엄마의 비로도 저고리 옷고름 같다.

머굿닢 동그랗게 고깔을 말아
산딸기 하나둘 따서 담는다.
고깔에 가득히 채워 담는다.
털 숭숭한 멍덩딸기69)는

---

67) 복상: 복숭아나무
68) 안들매 보드기: 억새종류로서 잎이 부드러우며 한 웅큼
  씩 또는 더 많이 뭉쳐서 자라는 식물.
69) 멍덩딸기: 멍덕딸기. 식용이 가능한 열매. 식재료는 열매
  를 쓴다. 피부미용에 탁월한 효능을 가진다. 정력에도
  좋아 남성들에게 도움이 되고, 불임을 예방해주어 여성
  들에게도 효과가 있다. 눈 건강에 좋은 성분이 들어있
  어 시력을 강화하는 데에도 좋고, 호르몬에 도움이 되
  는 성분도 함유되어 있어 갱년기의 중년들에게도 도움
  이 된다.

바랭이 쫑 뽑아서 빨갛게 꿰어놓고
그것도 모자라 난냉구[70] 자락을 걷는다.
배가 불룩하도록 딸기를 딴다.

어미는 와삭와삭 풀을 뜯는다.
펄렁펄렁 두 귀를 흔들며
눈 밑에 달라붙는 파리를 쫓는다.
긴 꼬리를 휘척 휘척 내 저어며
등말기에 침을 꽂는 바더리[71]를 갈긴다.

참나무에 몸 비비며 등을 긁는다.
흔들흔들 쓰러지랴 잎사귀가 흔들린다.
딸랑딸랑 풍경소리가 숲속을 헤집는다.
하늘에 검은 구름이 내달리기 시작한다.
자작나무 그늘이 어둑해진다.
번개가 번쩍 숲속이 밝아진다.
뇌성이 우르릉 등골이 오싹한다.

후두둑 빗방울이 나뭇잎을 두드린다.
송아지가 껑충 놀라 뒷발질을 갈긴다.
어미도 놀라서 왕방울 눈이 되었다.
고삐 끊은 어미가 꼬리를 치켜들었다.

---

70) 난냉구: 런닝 샤쓰
71) 바더리: 노란색의 큼직한 곤충. 꼬리에는 침이 없으나
    입에 침이 있어서 소 잔등에 침을 꽂고 피를 빨아 먹는
    곤충이다.

빗줄기 자욱한 골짜기를 내달린다.
덩달아 송아지도 내달리어 따라간다.

우루룽! 꽝! 버번쩍!
천둥소리에 자지러진다.
파란 번갯불이 콧등을 스친다.
장대비 맞은 두 형제는
잔솔 숲에서 부르르 떨고 섰다.
부둥켜안은 채 두 눈을 감았다.

정수리로 빗물이 스미어든다
목으로 잔등으로 흘러내린다.
입술은 새파라니 오들거린다.
캄캄한 보드기에 빗소리가 멎었다.
절규하며 부르시는 아버지의 고함이
골짜기를 타고 메아리로 울려온다.

어미의 불룩한 배를 쿡쿡 저지르며
송아지는 젖을 빨고 있다
우물우물 되새김하던 어미가
둥그런 두 눈을 껌벅거린다.
펑퍼짐한 등줄기에 김이 모락거린다.

우양간을 찾아 든 송아지가 고마워
한 걸음 다가서며 턱밑을 긁어준다.

추억을 걷다_어버이날에 드리는 글

"울 아부지는"

자식 여섯 남매 키우시면서도
평생에 큰소리 한번 안 치셨다.
울 아부지는…

엄마의 회초리가
자식의 종아리를 때리면
맞는 울 보다 더 아파하셨다.
울 아부지는…

늬엿늬엿 해질 무렵에
그날도 행랑채 아궁이에는
버얼~건 장작불이 이글거리고
두 아름이나 되는 가마솥에는
무럭무럭 소죽이 끓고 있었다.

장작개비 한 아름 안으시고
문지방 높은 부엌으로 드시다가

봉당 댓돌 헛디디어 쓰러지시고
그 길로 어지럽다며 눈 감으신 후로
영원히 울 곁을 떠나시었다.
울 아부지는…

거리마다 지천으로 깔린 것이
카네이션 꽃바구니 많기도 하건만
그 바구니 한 번도 못 받아 보셨다.
꽃 주고받는 걸 알기나 하셨으랴
울 아부지는…

나도 이제 자식들 다 키워 보내고
울 부부 우두커니 둘만 남아서
자식의 장래를 걱정하고 있노라니
그래서 더욱 생각이 난다.
울 아부지가…

<월간 『문학세계』 신인문학상. 2020년 5월호>

- 공감대 형성의 유니크한 시적 미학

김진만(오솔향) 님의 「잔디에서」, 「울 아부지는」, 「봄비」를 당선작으로 선정한다. 한민족의 정서가 수려한 울림이 내재하는 작품들이다.

「**잔디에서**」는 수염 세운 방아깨비, 소년의 손에서 바둥거리고, 껑충껑충 방아를 찧다가 지쳐 침을 뱉는다. 그리고 반들반들 눈 속으로 뭉게구름이 흐른다. 소년과 방아깨비를 등장시켜 잔디에서 무언의 대화가 움직임을 통하여 독자들에게 의미를 들려준다.

「**울 아부지는**」에서 자식 키우면서 소리 한 번 안 지르고 매 한 번 안 드신 울 아부지, 이제 자식 키워 다 내보내고 부부 둘만 남아서 생각나는 울 아버지다. 각 연의 끝으로 귀결시킨 울 아버지에 애틋한 아버지의 이미지가 가슴을 울컥하게 한다.

「**봄비**」에서 따스한 햇살이 속삭여 봄비를 내리면 아지랑이 할미꽃 피울지 모른다. 훈훈한 봄바람이 개울가 쓰다듬고 꽃비를 내려 개나리꽃 피울지 모른다. 햇살과 봄바람이 봄비와 꽃비로 할미꽃과 개나리꽃을 피운다는 자연의 섭리를 매체를 동원하여 묘사하고 있다.

작품마다 등장하는 매체의 움직임을 통하여 의미를 부여하여 독자로 하여금 공감을 자연스럽게 이끌어내는 능력이 탁월하다. 일상의 평범한 언어로 어떤 기교를 부리지 않고도 주제를 감추어 이미지를 선명하게 드러내는 데 성공하는 점들이 믿음직하다. 당선을 축하하며 다양한 주제를 넓은 시야와 깊은 사고를 동원하여 표현해내는 훌륭한 시인으로 대성을 빈다.

♣ **심사위원** 채수영 박영교 김천우 김용길

- 울 아버지에게 카네이션을 바칩니다.

개나리 진달래 어우러져 화사하게 미소하며 손짓하는 봄날. 우이천의 만개한 벚꽃길을 아내와 함께 이어폰 한 짝씩을 나누어 귀에 꽂고 미스터트롯 세븐스타의 노래를 들으며 두 손 꼭 잡고 걸었답니다. 봄바람 살랑이며 꽃잎 하늘하늘 흩날리는 개울길을 그렇게 모두가 입을 가리운(코로나19) 채 말없이 걷고만 있었습니다.

일만 날 하고도 삼천육백여든 날을 한 날 같이 인내하며, 세월을 죽이며 살아온 아내와의 결혼 38주년, 기념선물 하나 건네지 못한 마음 표현할 길 없어 걷기만 했었는데, 오늘 이렇게 어설픈 나의 시 몇 편이 '월간 문학세계 신인문학상' 작품으로 당선되어 축하의 메시지를 받고 보니 아내에 대한 고마운 나의 마음을 대신 전할 수 있게 되어서 참 고맙고 반갑습니다.

해를 거르도록 가볍지 못한 아버지 어머니, 올 한식에나 뵈올까 하다가 또 놓쳤는데 애틋한 그리움을 시에 담아 꽃향기 오롯이 맡으며 찾아뵐 수 있게 되다니요. 생전에 한 번도 못 드려본 카네이션 꽃바구니를 2020년 5월 어버이날에는 『문학세계』와 함께 살며시 놓아 드릴 수 있게 되어서 무척이나 기쁩니다. 또한 저의 예순다섯 생일이기도 해서 뿌듯한 큰 선물이 되었습니다.

늦게 익힌 詩作에 용기를 주신 『문학세계』 심사위원에게 마음 가득히 감사를 전합니다. 시와 문학을 사랑하는 이들에게 공감할 수 있는 작품으로 사랑받는 문인이 되도록 노력하겠습니다. 아무쪼록 독자와 회원 모두에게도 이 어려운 '코로나19'의 국면을 잘 극복하고, 한 편의 시로나마 마음의 위안이 되고, 삶의 healing이 되기를 소망합니다.

2020년 꽃향기 휘날리는 4월 봄날에
문학세계 신인문학상 당선자 김진만(오솔향)

시집이 나오기까지

눈으로 보아서, 귀로 들어서, 또한 향기를 맡아서 봄을 느끼며, 그 느낌을 봄이라 표현할 수 있어서 참 좋다. 자연 그대로를 바라볼 수 있는 순수함을 지킬 수 있어서 더욱 좋다. 봄이 있고 여름이 있고, 또 가을과 겨울이 있어서도 참 좋다. 사계절 시의 씨앗을 심고, 시를 기르고 수확할 수가 있으니까…

어찌 자연에만 봄이 있으랴?

순수한 마음으로 사람을 만나고, 가식 없는 대화를 나누고, 세상 만물이 모두 순수함을 지킬 수만 있다면 그 또한 봄이요. 이보다 더 좋을 수는 없으리라.

부족한 감성 표현이지만 그래도 함께 공감해 주는 이들이 있기에 또한 기쁘다.

마흔세 해 동안 함께 숨결을 나누어 온 아내 선화공주에게, 그리고 올망졸망 두 아들, 며느리, 손자 손녀에게 고마운 마음을 새긴다.

든든히 신앙의 길로 이끄시는 장승민 목사님과 믿음의 형제·자매들과도 함께 기쁨을 나누고 싶다.

그리고 기독교방송 죠이포유(JOY4U) 관계자와 모든 애청자와도 조잘조잘 댓글로 오솔길의 향기를 공유하리라.

이제 『봄을 걷다 **여름**까지』에 이어, 『**가을**을 걷다 **겨울**까지』의 시집도 마음이 예쁜 누군가의 손에 들리어 공감으로 읽히어진다면 더없이 기쁘리라.

포근히 감싸시는 창조주 하나님의 지순하심을 독자와 함께 느끼며, 그분의 사랑을 공유할 수 있기를 바란다.

2025년 3월

솔향기 풋풋한 봄날에
오솔향 드림